© 1995, l'école des loisirs, Paris
Loi numéro 49 956 du 16 juillet 1949 sur les publications
destinées à la jeunesse: mars 1995
Dépôt légal : décembre 2006
Imprimer en France par Aubin Imprimeur à Poitiers

CLAUDE PONTI

Tromboline et Foulbazar

La boîte

l'école des loisirs

11, rue de Sèvres, Paris 6ᵉ

Tromboline a trouvé une boîte en carton.

Foulbazar aussi a trouvé une boîte en carton.

C'est une très grande boîte qui peut faire
une maison, se dit Tromboline.

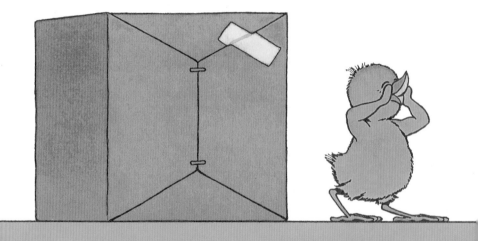

– J'ai trouvé une grande boîte en carton,
crie Foulbazar.

Tromboline ne répond pas.

– Mais où est-elle passée, se demande Foulbazar.

Tromboline est en train d'ouvrir une fenêtre
dans sa nouvelle maison.

En attendant Tromboline, Foulbazar fabrique une porte. Il pense lui aussi que sa grande boîte peut faire une belle maison.

– Coucou, on a fait la même maison !
dit Tromboline.
– Ce sera notre maison à tous les deux,
répond Foulbazar.